句集

米寿

井出正仁

文學の森

句集　米寿／目次

扉題字　井出絢翠（妻）
扉絵　高木仁枝（長女）
装丁　三宅政吉

句集

米寿

平成二十七年

妻の書展

入口に二寸ぜんまい招きをり

書も妻も色香とどめる春銀座

九州より卒寿の友は花持ちて

大溪洗耳遺墨の光る四月展

妻も吾も教へし子より胡蝶蘭

友の妻と妻の教へ子花抱へ

花の中書界の重鎮次々と

美術年鑑社長の靴に花の片

外つ国の人も七組春着にて

卒寿妻と春展七日鳩居堂

春

井口さん春の受勲やおめでたう

雪残る浅間こぶしの裾模様

八ケ岳連峰はな花花の佐久平

祖の墓へたんぽぽの花供へけり

万葉の藤の色香や庭に満つ

夏

残照の小沼の柵に青鷺や

一石に大河の流れ夏の雨

街中の巨松鳥の子が育つ

森蔭に十薬の花白十字

ゆすらうめ食みて幼き日の浮ぶ

ひめしやらの花の白さに師を偲ぶ

枇杷の実を天蓋にして陶狸

物言はぬ一基の灯籠夏の庭

常磐線赤き木苺光りをり

千曲川育ち玉石垣に野萱草

今年また黒き揚羽や義弟かな

夕闇に君が代蘭の皇居濠
姫女苑空地一画咲き満つる

戦後七十年

志願兵七十回の敗戦忌

ワイマール憲法の果て敗戦忌

大元帥玉砕止めし敗戦日

秋

ザクロの実色づき初めし尖り口

抱き合へる石像へ燃ゆ曼珠沙華
あるがまま風来るままに吾亦紅

秋の寺子猫三匹我を見る

妙蓮寺板戸を閉づる秋の音

一礼して老僧閉づる秋の門
小げら来て色づく楓枝つつく

里の家小さき柿の実みなたわわ

名月を空地のすすき待ちをりぬ

茅屋消え角の菩薩に秋の風
一望の田んぼは総て穭田や

川土手の乱れコスモスわれ覆ふ

石の玉座ひぐらしの声絶えにけり

山野辺の山野辺さんち柿たわわ

放浪の画家・高島

野十郎終焉の地に秋の風

豪農の蔵と赤柿水戸街道

コスモスの叢から叢へ杖つきて

凜として青鷺一羽秋の岸

さざ波と空は一つに虫の声

秋の瀧絶えることなく経を読む

杖つきて灯かげの揺れる秋の沼

ササリンドウ一輪の花色極め
茶亭かど秋明菊に迎へられ

仄暗き径に真白きホトトギス

鬼胡桃踏みて危ふし杖男

青空に赤実静かに楷大樹

真っ赤なるヤマハゼ一本瀧の音

欅の木や赤き実空へ鏤める

彫刻家・北村

西望の寿の一字碑に秋陽さす

西望の呟の狛犬尾に蜻蛉

臭木の花住む人無しの長屋門

道端の韮の花まだ咲き続く

土手の裾赤く彩る赤のまま

風来れば溝蕎麦の花語るかに

荒畑に群れて咲きたる蕎麦の花

ひつぢ田の案山子の仁吉懐手

猫柳花芽ほころぶ十月尽

板の橋いなごは並び日を受けて

秋天の石塀白き猫二匹

草一本抜かぬ小庭の秋の声

佐久平雨の錦秋同窓会

朝鮮の大灯籠や秋の庭
皇帝ダリア五弁のピンク天空へ

信濃柿食めば幼き友の顔

大鳥残り赤柿ひとり占め

見あぐれば花梨それぞれ空を得て
小さき庭思ひ思ひの秋奏で

すずなりの小柿は秋を集めをり

西光院芒揃ひて経聴くや

青空へ銀杏は金の鉾立てて
寺の荒地十月桜ひつそりと

バス通り黄花コスモスまだ咲けり

白壁の庭に黄菊の花盛る

私有地の荒地に入りて秋を観る

式部の実馬除土手に陽を弾く

一本の狭庭の紅葉色すすむ
この路の秋集まれるこの黄菊

色変へぬ百年の松空高く
とりどりの乱れ咲く菊守る老

蒲の穂や呆けて龍となりにけり

飯桐の赤実拾ひて天仰ぐ

街は秋笑顔で帰る一年生

天高く男女羽ばたく像立てり

黒き子も混じる下校児街もみぢ

もみづる山お城のやうな豪農や

観音寺真つ赤に燃ゆる紅葉中
レイソルの柵に囲まれ式部の実

レイソルの森に赤々烏瓜

六十年手塩にかけし庭紅葉

藪茗荷実を光らせる厠口

翁の碑紅葉の彩に染まりをり

四ッ角の芒くるまに穂をゆらす

青空に揃ひて芒風を呼ぶ

茶亭あり木下の紅葉色極む
夕焼に劣らぬ紅葉去り難し

岡の家のぬるで紅葉は火の如く

陶狸とイロハ紅葉を眺めけり

朝日受く終の紅葉を山鳩と
大蘗に攀ぢり赤実の光る中

冬

一茶師の蓑掛け寺に紅葉散る

鴨の水脈夕陽光らせ進みゆく

蓑を着て茶亭のぼたん膨らみぬ

山茶花の咲き競ふ小径子ら帰る

俳友の畑の白菜味深し

千両の黄実耀ける庭のあり
わが茶室侘助一輪志野の壺

侘助や素直に咲いて清々し

柚子四つ浮べて悔いも流しけり

石蕗の花一つ咲き初む妙蓮寺

丘の家耀く黄金石蕗の花

石蕗の花廣池千九郎讃へをり

白山茶花浮び出でたる夕の庭

山茶花や散りて地面を赤く染め
山茶花や散りても色を失はず

不忍池枯蓮姿百態や

枯蓮に光残して陽は沈む

時雨すぎ玉石垣の面構へ
捩花の句碑に雪玉供へけり

そちこちの庭の臘梅黄を放つ

卓上に庭の臘梅活けにけり

電車来る度に揺れゐる水仙花
水仙の花見て花に見つめられ

平成二十八年

新年

初夢や自閉症校現はれる

初夢は金の茄子や吉兆か

癌と生きる覚悟の妻や初参り

春

親子四人婚六十年語る春

畑一枚ピンクに染める仏の座

石垣に垂れる連翹咲き初むる

春一番紅梅の花散らし去る

山里の港さん逝く梅咲く日

山里の長の昇天惜しむ春

子猫二匹段に眠るや雛の日

三小の松亭々と雛の日

南斜面蕗の雛の並びをり

雛段の如く春陽を受ける街

鴨の五羽湿田に残るつもりかや

五十年の黐の大木切る春日

両ひざをつきて球根植ゑにけり

白木蓮蕾の光る布施弁天

菜園の黄の花春を告げてをり

長き雨蕗の薹みな伸びにけり
車庫の跡梅花は散りて紅の海

千曲川生まれ玉石垣に蘩蔞咲く
青空に河津桜は緋を放つ

よもぎ野に子等と山鳩遊びをり

蕗の薹そつと一本貰ひけり

藪椿拾ひて浮かす手びねりへ

春天の桜水戸公眺めしや

猫五匹揃ひ我見る諏訪社春

門前の辛夷母屋を包みをり

春の宵飲み屋の街に寺の鐘

豊四季蕪ビニールハウスにすくすくと

春天に欅聳ゆる大農家

山茱萸の黄の花光る農の庭

赤レンガ塀に辛夷の咲ける家

黄金を噴きあげる如ミモザ咲く

米寿にて洗濯物を干す春日

彼岸晴合格告げに孫来る

彼岸晴祖父母の勲章孫に見せ

藪椿玻璃のコップへ浮かせけり

青空に椿大樹の花燃ゆる
浅間山霞む米寿の同期会

しだれもみぢ枯葉となりて芽を守る
北中込古株のオブジェ駅うらら

わが庭の茶亭のかげに菫花

うららけし人道俳道とぼとぼと

大農の紫木蓮空覆ひけり

野馬土手の空に広がる辛夷花

八十男胸張り歩む桜の夜

黒々と幹浮び立つ桜花

旧友の兵舎の跡や桜花
紅椿天地を紅に染めあげて

真つ白き八重花桃や森清し

花びらの舞ふ下をゆく番鴨

花見客の干菓子を食める番鴨

底紅をかすかにつけて辛夷花

花椿落ちて夕陽に朱を極む

桜並木抜けて東大柏校

花びらの散りし池面に小波や
ブルーベリーの畑一斉に花開く

うつすらと雪と見まがふ花の寺

落ちてなほ汚れを知らぬ白椿

本堂を霧島つつじ囲む寺
抱擁の石像一つ花の片

杖つきて緋桃花散る里をゆく

チューリップ朝は花びら整へて

チューリップ十万本を一望す

菜の花の道をたどれば花まつり

アルゼンチンの梟もゐる花の苑

花吹雪酒宴のわきに積りをり

布施弁天桜の吹雪つぎつぎと
天水槽花びらモザイク浮べをり

紫木蓮こぞりて天へ花捧ぐ

青空へ柿の新芽や開きゆく

花吹雪豊四季団地戸建へと

花びらの積る築山気象大

たんぽぽやこぞりて土手に陽を浴びる

西光院枝垂桜の三姉妹

三猿や花見る手だけ開けなさい

枝垂桜天蓋にして夢いまだ

七百年の銀杏の芽吹く法林寺

人住まぬ大長屋門鶯鳴けり

巨欅の芽吹き庭抜け駅へ行く

妙蓮寺亀石たたく花かえで

風来れば赤き楓葉人招く

白き家に白花水木爽やかに

村人の神社清掃花吹雪

春うらら半里も行けばお寺あり

花吹雪白猫凜と宝蔵院

芽吹き大樹柏三小取り巻けり

紫木蓮二本咲き添ふ庭のあり

山裾の山吹の黄に浮ぶ家

花吹雪手賀沼の白鳥留鳥や

八重桜バッサリ切られ幹に花

馬土手の大樹延々緑吹く

廃屋や木苺の花のびのびと

白き塀三椏の花寄り添ひて

自然園鳴ける蛙へ合掌す

見張りつけ藤の蜜吸ふ熊ん蜂

春の鳩礼する様に米つつく

一弥庵軒に自生の藤咲けり

自生の藤茶室の幹に咲き盛る

白雲の天へ万歳花水木

蕊掃きて桜の花は終りけり

骨癌の妻春展の審査員

奈良朝の人も賞でたる藤の花

スルスルと攀ぢ登る子や春の園

金網越し手と手を触れる春の園

街守る古木の松や天に花

水張りの田を渡りくる雉の声

水張りし畦を歩けど蛙見ず
石垣につつじの赤龍空澄めり

子雀に米くち移す親雀

夏

青空に大桐三本花掲げ

大桐の花姉上の嫁姿

菖蒲園花に先駆け黄菅咲く

長屋門堀に一羽の夏の鴨

大輪の白バラ落ちて艶深む

雨あがり五月の森や生気満つ

わいろ菓子そつくり返し涼し顔

三十年のボスを押へて夏に入る

仏にも鬼にもなりて涼し顔

癌と同行卒寿に向かふ妻の夏

美人草祖父母の好きな花なりき

真夏日や仰ぐ一石雲流る

蕗の葉の茂るばかりの空地あり

門に咲く真白き百合に見つめられ

八ツ橋に尾のなき蜥蜴休みをり

田の畦に捩花二本咲きてをり

かなへびや目を合はせても逃げぬなり

仰向けば夏雲光るビオトープ

夏の庭つがひ山鳩米を食む

田舎径小さき縞蛇するすると

夕涼し日にバス三本田舎径

岐されの祠山百合咲き盛る

池田庵夏日を送る六地蔵

大鼠の通夜に来たかや大家守

猫の眼に見透かされけり梅雨の朝

梅雨滴もみぢの枝に連なりて
泰山木最後の一花天に向け

梅雨の通夜日光句冊乞ひにけり

日光は親友晃氏の俳号

梅雨明けや朝餉をつくる六十年目

婚六十年癌妻朝餉皆食めり

浜木綿や土に下ろして蘇る

山を背に垣に紫蘭の大農家

湧水の流れに海芋の白き花

海芋の花蛙の声を聞きをるや

玄関に赤き石楠花人誘ふ

萬福寺巡りて一点石楠花や

竹林の音を背にして石楠花や

芥子の花線路にそつて花増やす

野茨の花の川土手杖つきて

栃並木花穂を出すもの稀なりき
咲き下がるジャスミンの花仰ぎ見る

金雀枝の舞に華やぐ里の辻

桐の花下駄を作りし祖父浮ぶ

街二粁歩きて一旒鯉幟

秋

八ツ橋に塩からとんぼ並びをり

蟋蟀の中に仲よく赤蜻蛉
真つ白きおしろい花の先に庵

藪からしの花を惜しむか我が妻は

妻の卒寿祝

癌と同行卒寿を祝ふ夏の宴

汗ふきつ父の苦言を聴く息子

死化粧嫁に頼むと夏の夜

妻卒寿夫婦同行六十年

この暑さ越えて米寿の駅につく

癌の妻この花束に甦る

来賓は井口さんのみ夏の亭

あとがき

平成二十八年五月二日付で、「文學の森」の専務取締役・企画出版部長の寺田敬子氏より、第四句集出版の勧めが届けられた。私なりに考慮した末に、出版のお願いをする次第となったわけである。

私が俳句を作り始めたのは、昭和五十七年、花田春兆氏（「萬緑」同人）に師事してからである。その後、平成十六年には「山暦」に入会、青柳志解樹氏に師事した。平成十八年には俳人協会会員となり、今日に至っている。

その間、今日までに、二万八千百八十六句（平成二十八年七月二十六日時点）を作っている。今回の第四句集は、平成二十七年一月一日以降に作った一千百六十一句より選定したものである。

読者の皆様のご感想、ご指導をいただけましたら幸甚です。私は間もなく米寿となりますが、命の続く限り作句を続けたいと思っております。

平成二十八年九月二十七日

井出正仁

著者略歴

井出正仁（いで・まさと）

昭和３年　長野県南佐久郡穂積村東馬流生れ
昭和24年　東京都世田谷区立若林小学校教諭
昭和57年　花田春兆氏に師事
平成元年　東京都立水元養護学校長退職
平成16年　「山暦」入会・青柳志解樹氏に師事
平成17年　「山暦」同人（榾山集）
平成18年　俳人協会会員
平成23年　「山暦」同人（山雨集）・編集委員
平成24年　「山暦」退会
平成25年　「俳士の会」世話人
平成26年　春の叙勲にて瑞宝双光章受章

著　書　『こうすれば自閉症児者も幸せになれる』
（平成８年／近代文芸社）
句　集　『手賀沼』（平成25年／文學の森）
『千曲川』（平成27年／萌翔社）
『八ケ岳』（平成27年／萌翔社）

現住所　〒277-0022　千葉県柏市泉町13-10
電　話　04-7167-7802

句集　米《べい》寿《じゅ》

平成俳人叢書
発　行　平成二十八年九月二十七日
著　者　井出正仁
発行者　大山基利
発行所　株式会社　文學の森
〒一六九-〇〇七五
東京都新宿区高田馬場二-一-二　田島ビル八階
tel 03-5292-9188　fax 03-5292-9199
e-mail mori@bungak.com
ホームページ http://www.bungak.com
印刷・製本　竹田　登

ISBN978-4-86438-597-8　C0092